我轻轻踩着天边的七彩虹桥
撷下一片片绚丽的七彩云霞
抒写心中最优美的七彩诗篇
化作一朵朵芳香的七彩鲜花
呈献给天各一方的七彩人间

寻芳漫笔

黄培祯 著

SPM 南方传媒　广东人民出版社
·广州·

图书在版编目（CIP）数据

寻芳漫笔/黄培祯著. —广州：广东人民出版社，2024.1
 ISBN 978-7-218-16616-2

Ⅰ.①寻… Ⅱ.①黄… Ⅲ.①诗词—作品集—中国—当代 Ⅳ.①1227

中国国家版本馆CIP数据核字(2023)第100871号

XUN FANG MAN BI
寻芳漫笔
黄培祯 著

版权所有 翻印必究

出 版 人：	肖风华
责任编辑：	李力夫
责任技编：	吴彦斌　周星奎
装帧设计：	大奥文化
出版发行：	广东人民出版社
地　　址：	广东省广州市越秀区大沙头四马路10号（邮政编码：510199）
电　　话：	（020）85716809（总编室）
传　　真：	（020）83289585
网　　址：	http://www.gdpph.com
印　　刷：	北京建宏印刷有限公司
开　　本：	880mm×1230mm　1/32
印　　张：	7.25　字　数：49千
版　　次：	2024年1月第1版
印　　次：	2024年1月第1次印刷
定　　价：	68.00元

如发现印装质量问题，影响阅读，请与出版社（020-85716849）联系调换。
售书热线：（020）87716172

黄培祯 黎族

黎名:廖钦,曾用名:黄亮,学名:明新,字半田,号高坡居士,斋称墨歇草堂,海南岛七仙岭人。现为中国民间文艺家协会会员,中国少数民族作家学会会员,中华诗词学会会员,中国少数民族美术促进会会员,海南省文联委员,海南省作家协会会员,海南省美术家协会会员,海南省音乐家协会会员,海南省民间文艺协会理事,海南省文艺志愿者协会理事,海南省诗词学会会员,海南诗社会员,保亭县原文联主席、《七仙岭》文艺刊物主编。现为仙岭书画院院长。荣获国家民委授予"少数民族优秀画家",海南省文联授予"德艺双馨艺术家"荣誉称号。

1982年版画《七指岭下牧歌扬》入选全国少数民族美展。

1994年画《醉魂》、《黎寨丰收》入选中华民族书画艺术大展,获优秀奖。1995年版画《逗娘舞》入选第二届中国民族美展,被北京民族文化宫收藏。

其美术作品和个人传略分别载入:

《中国当代美家人名录》(1990)

《当代书画篆刻家辞典》(1992)

《中国黎族大辞典》(1994)

《中国当代艺术名人辞典》(1994)

《中国当代艺术界名人录》(1995)

《世界现代美术家辞典》(1995)

《中国少数民族大辞典》(1995)

《世界当代书画作品选》(1996)

《中国共产党人优秀格言选集》(2006)

其他美术作品和文学作品曾在《中国青年报》、《文化艺术报》、《海南日报》、《海南声屏报》、《天涯》、《云南思茅报》、《海南诗文学》等报刊发表与评论。

2010年由中国文联出版社出版发行个人诗书画集《笔架仙峰》一书。

2012年创作的词作品《美丽三亚》在"我的家乡多么美——全国首届唱我家乡的歌"原创词曲选拔活动中,经组委会严格筛选,认真审核,成功入选,授予创作成就奖。

2014年由南方出版出版发行《椰寮风骚》诗词集、《保亭黎族歌谣》集。

2016年由中国文联音像出版公司出版发行:中国当代词作家作品经典,黄培祯《海南风光歌曲音像专辑》。

曾获奖励:

《帕曼的山·拜扣的水》作词(黄会基作曲),参加"羊城之夏"2018年广州市民文化节——新时代原创音乐作品展演荣获银奖。

《美丽三亚》作词(黎友合作曲),在"我的家乡多么美—全国首届唱我家乡的歌"原创词曲选拔活动中荣获2012年创作成就奖。

2015年度被评为海南省"优秀民间文艺工作者"。

2008年荣获保亭县"民族文化工作突出贡献奖"。

2009年文学作品《黎山月夜》荣获海南省诗歌大赛优秀奖。

空灵剔透之美丽

亚 根

我熟知的培祯兄,是被国家民委授予的"少数民族优秀画家",被海南省文联授予"德艺双馨艺术家"称号的画家兼诗人。他不仅善于作画还喜欢写诗,出版了几本颇有影响力的诗、画集。其画作是既作画又赋诗,画中有诗,诗中有画,图文并茂,而且从半成熟到成熟,从写实到真正艺术性的突破和超越,成为"寓刚健于婀娜之中,行遒劲于婉媚之内"的珍品。他的诗画和传略先后载入了《中国黎族大辞典》《中国当代美术家名录》《世界当代书画作品选》《中国当代艺术名人辞典》《世界现代美术家辞典》。

品味诗人的现代诗,好像还是即身边的景和身边的事抒怀,新的是游记之诗,但仔细品味之后,感觉他已经超越了前几本书所站立的生命的起点。这种超越表现为他在汲取黎族文化营养的基础上,放眼宏阔的天地与浩渺的宇宙,一边广泛吸取更多的文化滋养,一边用身体和精神行走天下。如果说前期诗作以意象为中心表达怀旧与恋乡的情绪,那么这一时期则以空灵剔透的技法表达他对自然、物事、社会与人生的重大感悟。他既会铺陈,又会赋韵,带动多层面情绪的引进和转换,渲染了气氛,造化了环境;他借物说物,遇事说事,把一些原本的事物借代出来,用另一种非常贴近的形式去诠释,突出了诗歌的意象和意蕴,使诗歌更鲜活、灵动;他触景生情，展开联想，透过各种意境或是隐含的逻辑推理，形成一种思想，达到了诗歌所具有的特殊性、艺术性、逻辑性和思想性。同时，他灵活地运用了想象、比拟、夸张、借代、跳跃、象征等手法，展现出相对完善的内涵意象，相对鲜活而形象的物事，相对宽广而凝练的哲理语言，具有了浓郁的情感色彩。

他讲究意象。意即把要寓意的东西嫁接在实体上，并借用暗喻、隐喻、比拟、夸张等修辞方式，把原本固体的语言艺术形象化。比如他的《山涧小曲》（节选）："春天风和日丽万物复苏/小鸟与山花呢喃着鸟语花香/你随着春风叮咚叮咚地/弹起欢畅的琴弦乐曲/夏天……你弹着小浪花伴随着和音/唱起和谐悦耳的歌谣/温柔而欢快地流淌轻舞"这是一组充满创造力、想象力的暖色的意象，听觉、视觉、感知完美统一的意象。诗人用山涧，那是象征源远流长的意思，又用小鸟、山花、春风、乐曲、歌谣、舞蹈来比喻，再用呢喃、弹起、唱起和温柔、欢快等动词、形容词来比拟和夸张，使得原本单调的山涧被艺术形象化了。

他注重意蕴。意蕴就是需要表达的事物本身的内容和含义。它是诗歌里边渗透出来的理性内涵。他的诗歌内容一般都有故事有情节，也有一根主线牵动所有枝蔓细节，无论怎样跳跃，诗歌内容中都能找到升华的理性。请看他的《落笔洞》（节选）："……神仙邀来鬼斧神工凿洞镌刻/一座精巧的洞窟挂着一支神笔/传说四季涌泉流溢滴水不断/已化作浓韵芳香的墨汁/把南天染成诗画般的天然美景……岁月沧桑挡不住风化雨损/伤痕累累倾听着人为的毁坏/留下一片荒凉孤寒的情景/默默地遥望着茫茫无边的大海/目睹着天涯远去的木帆船"这里的意蕴非常清晰，诗人不仅告诉我们落笔洞的形成原貌和被毁坏的原因，一个是"风化雨损"，另一个是"人为毁坏"，而且从诗人启迪性思维的背后，能够看到他的诗歌语言被包裹在一种关心关注的情怀里。被读者慢慢剥离以后，诗歌就会像一道猛烈的强光,使人眼前豁然开朗起来。这也是诗歌意蕴的表现和升华,用这样的手段打造出来的诗歌,就有了内容的高度和深度。

他意境深邃。意境是为了烘托所要表达的特定内容而设定的。它是以意象为前提的一种辅助或是扩展,意象决定了意境。它们之间有着必然的联系,意象多是体现具象的东西,而意境多为抽象的或是虚拟的东西,二者有机地穿插并用、分组或重叠。设置好优美清晰并带有想象色彩的意境,恰似一幅流动的山水,优美的画面给人一种质感和愉悦的情境。深邃的意境犹如一泓清泉,可以沁人心脾。一边品茶一边读诗一边在宁静怡人的画面意境中,去感受诗带给人的一切精神享受或是抚慰,这样的生活,这样的诗生活,是美好的。比如他的《我的祖先》(节选)是这样设定意境的:"……又从海边的沙滩上用木鞭/把石头赶向大山林/垒起高高的五座山峰/起名为——五指山/从此,在这片土地上/繁衍生息建立起美好家园/一个勤劳勇敢的民族/在大风雨发出的音乐声中/喊出了高亢的砍山调……田园边赶鸟的叮咚声/驱赶了往日的哀伤和忧愁/留下了快乐的时光/山根旁那咚咚的舂米声/随着袅袅缭绕的炊烟……"这样借用物象转移物象,意象是明了的,意境也是情景交融、虚实并存的。意境辅助诗歌所要表达或表现的思想内涵都出来了,起到了美化诗歌的作用。

品味诗人古律新韵的诗,第一印象是"诗是动的画,画是动的诗(莱新语)。"每一首诗是一幅画或多幅画,由多个意象组合起来的画,里边有悠长的时间、辽阔的空间和静景的描绘、动态的勾勒、色彩的点染、线条的流动,诗歌语言富有形象性。例如他的《观赏什堆瀑布》:"天河落地洒珠烟,砯壁淙淙挂玉帘。鸟儿戛然闻谧境,骚人景醉采诗源。""天河落地撒珠烟,砯壁淙淙挂玉帘"这十四个字构成了一幅疏放的图画。画的景物只选四样——天河、砯壁、珠烟、玉帘,再加上动词"生"和"挂"以及形容词"淙淙",生动地有线条地表现了野外瀑布壮观而唯美的形象。第二个印象是诗歌语言的跳跃性。法国诗人瓦雷里曾用比喻"诗是跳舞,散文是走路",形象地说明了诗歌跳跃而变化多姿的语言特点。试看他的《毛感南春采风》:"寒蝉无语鸟莺啼,曲道驱车过岭西。我采岚霏当秀色,风霞纸上现苗黎。"是时空的跳跃与疏离,留给诗人书写的开阔空间,也给读者许多想象的"空白"。第三个印象是诗歌语言色彩的情感性。马克思说:"色彩的感觉是一般美感中最大众化的形式。"诗歌色彩感的形成,相当大的部分是由表示色彩的形容词承担的。色彩的冷暖传递着诗人不同的情感体验。诗人的诗歌基本上都是用暖色预示着热烈、活泼,积极向上,意气风发。例如他的《丹荔三月红》:"辰月荔枝红,藏云沐霭风。赧颜妃子笑/甜蜜露芳容。"用"红"和"赧",写出了故乡三月红荔枝的上好品质和成熟姿色,表达了昂扬奋进的壮美情怀,表现了一种崇高的美。第四个印象是诗歌语言的含蓄凝练性。古诗词语言的高度凝练正是诗人刻苦锤炼、精心推敲的结果。为了使语言含蓄隽永、意蕴丰富,诗人非常注意对诗句中动词的锤炼。动词在诗歌里具有"以最小的面积,表达最大的思想"(巴尔扎克语)的神奇作用。在勾勒人物形象、传情达意、摹写物态方面有着独特的功能。诗歌语言的"凝练"特点在动词和形容词的应用上表现得尤为突出。如他的《黎山沐烟霖》:"天汉洒烟霖,岚层恋岭群。山峰藏画意,此地尽诗魂。四季如春色,乡情醉雅人。椰风梳霭鬓,椰叶扫苍尘。"运用"洒""恋""藏""醉""梳""扫"等六个字,充分点染春色中的黎山,静中有动,动静相生,增加了审美情绪。第五个印象是诗歌语言的音乐性。音乐性一般指诗歌的节奏与押韵。诗的节奏是指由于语言排列次序的不同而形成的有规律的抑扬顿挫。古体诗的节奏主要在于顿(即诗句中按律单位划分的大体均匀的段落)的安排,一般来说,五言诗句三顿,每顿两字或一个字,七言诗则每句四顿,每顿两字或一个字。这样读起来便觉节奏明快，跌宕有致。顿的字数的划分，固然与字义有关，但更重要的还是为了音调的和谐。近体诗的节奏要求更严格，除了顿和字数的限制以外，还要合乎一定的平仄格律，即按每个字的音调的高低升降，分成平声字和仄声字，在诗句中按一定的格式交替使用，并和顿的安排恰好结合。这种平仄的要求加强了诗句内部的抑扬和声调的变换，而且加强了诗句间的对照，从而增强了诗歌的韵律感，使全诗产生了悦耳的节奏感和极好的音乐效果。诗歌音乐性的另一个表现是押韵，押韵就是在诗句的末尾使用韵母相同或相似的词，形成声音的重复回环，韵脚的重复也可以形成节奏。

诗人的乡土情怀经久不渝，至今依然非常可贵。仔细品味他的逐步完善和升级的乡土诗歌，同时去体认那些被网络恣意追逐与泛滥流行的东西，总觉得那些东西有着过多的矫饰、造作、扭捏作态和无病呻吟，忽略了最纯朴的生活，最丰腴的沉淀以及一些最为宝贵的品质与格调。他的乡土更倚权重的，是以自己民族的方式、独特的姿态，也即对乡野颜色的抒情，抒发着都市人无法企及的风景和情怀："把墨水酿成醇香美酒/在画意中自我陶醉/把这里的草木生灵/都融入我的诗情画意……这里的山是绿的/这里的水也是绿的/这里的画是绿的/这里的诗也是绿的/这里的梦是绿的/这里的风也是绿的。"这是对于故土乡野的一种礼赞，一种好爱，一种美丽，一种独异思想，归功于诗人对海南中南部勤劳的、悍野的人性的想象与象征。

是为序。

2022 年 8 月 12 日
于三亚

目录
CONTENS

● 序言
　空灵剔透之美丽 ………………………………… 1

● 现代诗
　诗是什么 ………………………………………… 2
　我和诗 …………………………………………… 3
　感悟人生 ………………………………………… 4
　人生如梦 ………………………………………… 6
　我的祖先 ………………………………………… 8
　春梦黎山 ………………………………………… 10
　远去的黎族风谣 ………………………………… 12
　母亲脸上的雕题 ………………………………… 14
　远去的摇篮曲 …………………………………… 15
　梦中的甘工鸟 …………………………………… 17
　家乡的忆恋 ……………………………………… 18

黎山二月木棉红	20
黎族的树皮衣	21
竹子	23
芭蕉	24
石榴	25
八村采风	26
嚼槟榔的黎族姑娘	28
山涧小曲	29
六月凤凰花	31
风的四季	33
吊罗山瀑布写生	35
重游尖峰岭天池	36
登上尖峰岭顶峰	37
落笔洞	39
西岛游记	41
重游鹿回头公园	43
步履天下湾	44
深秋舟游神玉岛	45
海南姑娘	47
走进梁家河	48
故事是讲不完的	50
重回半弓母校	51
纪念屈原	53
金钱	54

雨林的天堂	56
黎山情(组诗)	57
椰子树	60
槟榔树	61
寒窗呓语	62
缅甸之行(七首)	63
泰国之旅(四首)	69

●古律新韵

赋余人生	74
习诗书画有感	75
游柬埔寨漫兴·六首	76
题山兰玉液	79
竹影摇清	80
三月恋歌	81
秋意拂拂	82
怀春	83
立春	84
红毛丹飘香	85
陶醉人生	86
保邑痴梦	87
奥雅	88
贺《七仙岭文艺》复刊十周年座谈	89
六月凤凰花	90

漫步尖峰岭天池	91
宿雨林仙境宾馆	92
国庆中秋抒怀	93
园丁赋	94
新中国成立70周年赋	95
屏观新中国成立70周年阅兵有感	96
廉政诗(两首)	97
贺海南热带雨林国画院成立	98
二月黎山木棉红	99
贺保亭老年大学十年校庆	100
贺候鸟鸣七仙诗社成立十周年	101
南歌子·追怀邓子敬恩师	102
仙峰隐士	103
春风吹椰岛	104
清明祭	105
候鸟南飞	106
保亭新貌	107
贺保亭民族中学恢复揭牌	109
春游黎山	110
踏春行	111
九月故园	112
洞箫吹红槟榔香	113
遨游美丽乡村	114
黎山沐烟霖	115

琼岛风云	116
高山流云泉水清	117
观什堆瀑布有感	118
远去的舂米声	119
毛感南春采风	120
儋州澄迈(三首)	121
世外桃源写生	123
海南风光四季春	124
七仙岭下尽春晖	125
相思树下	126
家住七仙岭	127
贺琼岛中线高速贯通	128
新春有感	129
久别重逢	130
同窗赋	131
百年沧桑	132
参观五指山革命根据地遗址有感	133
参观琼崖纵队首次代表大会会址有感	134
母山咖啡	135
夜宿槟榔谷兰花客栈	136
鼻箫声悠悠	137
驱车五指山高速路观光	138
琼岛风云	139
昌江(三首)	140

母亲节的思念 …………………………………………… 141

建党百年采风活动而作(四首) …………………………… 142

参观五指山革命根据地历史陈列馆有感 ………………… 144

鹧鸪天·英雄赋 …………………………………………… 145

保亭山城奇观 ……………………………………………… 146

缅怀杂交水稻之父袁公 …………………………………… 147

三亚崖城(五首) …………………………………………… 148

咏七仙岭 …………………………………………………… 151

梓里杧果 …………………………………………………… 152

牖外听雨 …………………………………………………… 153

水调歌头·百年圆梦 ……………………………………… 154

游鹿回头公园石雕有感 …………………………………… 155

梓月抒怀 …………………………………………………… 156

立秋 ………………………………………………………… 157

秋分 ………………………………………………………… 158

秋雨 ………………………………………………………… 159

秋夜漫步保城仙河 ………………………………………… 160

祝贺全红婵东京奥运打破世界跳水纪录夺冠 …………… 161

世外桃源采风 ……………………………………………… 162

神玉岛即景写生 …………………………………………… 163

七仙岭采风 ………………………………………………… 164

中秋寄怀 …………………………………………………… 165

寒露 ………………………………………………………… 166

春宵烟雨 …………………………………………………… 167

霜降 ··· 168

毛天采风 ··· 169

美丽黎乡 ··· 170

立冬 ··· 171

文人雅士欢聚保亭 ····································· 172

深切缅怀 ··· 173

丹荔三月红 ··· 174

屏观北京冬奥会开幕式有感 ····························· 175

屏观北京奥运会闭幕式有感 ····························· 176

神舟十三号航天飞船凯旋 ······························· 177

屏观南海阅兵 ··· 178

雨林深处 ··· 179

谷雨 ··· 180

立夏 ··· 181

古寨魂 ··· 182

临江仙·怀屈原 ······································· 183

河传·夜步风情街 ····································· 184

● **后记** ··· 185
● **附录** ··· 186

现代新诗

XIAN DAI XIN SHI

诗是什么

诗是从风云中采来的符号
是从雨滴中捡到的音符
诗是河沙里淘出的金子
是从大海深处捞起的珍珠
诗是天空中采撷的星光
是从大地的角落捕来的精灵
诗是从银河水流出的甘醴
是从李白的砚台里倒出的韵味
诗是从石磨缝中溢出的精粮
是从心灵里发出的呼声
诗是文学语言艺术中的贵族
是千古人类文化的精髓

我和诗

我不愿做诗的奴隶
诗不是主宰万物的神
我不会陷入诗盲井
诗从来就是自由的载体
我不在诗里踌躇满志
诗是我人生旅途的岸标
我不在诗里妄自尊大
诗是我生活中的添加剂
我不在诗里兴风作浪
诗是我学步做人的师父
我不在诗里争名夺利
诗是我余生中最大乐趣

如果诗是宇宙广阔的天空
那我就是天空中的一朵小云
如果诗是一条远流的长河
那我就是河流边的一粒细沙
如果诗是一座无顶的高山
那我就是山脚下的一棵小草

诗！我是你终生的门徒学子
诗！你是我最神圣的精神灵魂

感悟人生

漏夜难眠
蟾光照轩榥
回首往事如烟
魂牵梦萦

时光如梭
弹指一挥间
人生苦短几十年
何必忧天

人我是非
辩赢一点道理
输掉了一份感情
笑泯恩仇

世事无常
谁能分真伪
放眼纵观天下
笑看云烟

潇洒做人
常存单纯的心境
深味复杂人间
与世无争

人生如梦

有人说人生只有三天
昨天今天和明天
我说人生只有一阵风
匆匆而来又匆匆而去
生命如此短暂
短暂得来不及感悟

人生是一首歌
歌里有悲也有乐
人生是一杯酒
酒里有苦也有甜
人生是一场梦
有噩梦也有美梦
人生是过路客
急急忙忙而来
又急急忙忙而走
人生是一场雷阵雨
时而闪电而下
时而淅沥而散

人生啊人生
你双手空空而来
却带不走一草一木
一分一毫

我的祖先

流失的时光已随烟而去
风雨洗不掉的尘埃
把历史的脚印深深埋没
已记不清那岁月的源头
那苍老伤感的故事
已一去不复返……

传说我的祖先
从远古的百越族
划着一只破小舢板
漂泊在茫茫的南溟上
带着祈祷和希望
在生死的摇篮里乘风破浪
消失在苍黄界的烟霞间
漂游到荒无人烟的孤岛上
被海边无情的暴风骤雨
吹走了船形屋的痕迹
又从海边的沙滩上用木鞭
把石头赶向大山林

垒起高高的五座山峰
起名为——五指山

从此，在这片土地上
繁衍生息建立起美好家园
一个勤劳勇敢的民族
在大风雨发出的音乐声中
喊出了高亢的砍山调
刀耕火种播下了一颗种子
在风染黑黑的沃土里
生根、发芽、开花、结果

田园边赶鸟的叮咚声
驱赶了往日的哀伤和忧愁
留下了快乐时光
山根旁那咚咚的舂米声
随着袅袅缭绕的炊烟
从部落的船形屋里飘出
那古老的祖先歌谣

春梦黎山

漏夜山风吹醒
万物已复苏返青
一片是梦幻的景色

青山流岚如银泉
春风轻轻梳理着绿叶
初升的朝阳模样
像姑娘红红的脸庞
春色已给她披上彩妆
春霭为她穿上五彩筒裙

一条弯弯曲曲的山涧
汇成一首山风曲
唱着山歌与天河相会
西边的雨哗啦啦地赶来
又灰溜溜地走过
赶上了山里春耕的季节

夕阳已被西山吞没

山村头枕着大山梁
在沉睡中进入了梦乡
洞箫声声清脆
从黎明的山坡上飘来
守望槟榔园的老苍
烟囱里总有装不完的故事

远去的黎族风谣

有一种声音在慢慢地远去消失
在古今融合的交界线上
漫长的岁月留不住脆弱的音符
大山里的风谣随着烟云流逝

那古朴优美甜润清亮的嘿拉调
在幽榕树下婉转悠扬
那清脆和韵音调起伏的喂给啰调
从潺潺小溪河边袅袅欲绝
那忽忽悠悠声韵凄婉的咿呀调
在山坡田野外余音缭绕
那声调高亢热情奔放的砍山谣
在深山老林回音绕谷
那低吟浅唱轻巧甜美的摇篮曲
在婴儿篮边娓娓动听
那情真意切脉脉含情的啰呢调
长板凳上对歌回荡夜空
那扣人心弦箫声婉转的闲游调
在草寮布隆闺里倾诉衷肠

历史不再重复时光流过的情景
如今已经听不到看不见了
而是渐渐悄然远去而销声匿迹
时间的变化随着时代发展的潮流
在传统与时髦的相互对立上
一个民族的文化灵魂将面临着
强势与弱势生死存亡的考验

母亲脸上的雕题

在母亲凋谢的脸上
记录着一个民族的符号
吉祥神圣的古老文迹
蕴藏着源远神秘的色彩

写在母亲脸上的几何图案
已经在漫漫岁月长河中流逝
时光的脚步已停留在
历史的变革而不再延长

母亲肌肤上的敦煌壁画
那是人类文明崇拜的标志
是古文化的活化石
也濒临着永远消失的痕迹

它就将随着母亲
一起进坟墓埋葬
把这特殊的艺术灵魂
永远留在图腾上解读

远去的摇篮曲

喂喂呀！喂喂呀
侬乖乖，快快睡吧
妈妈伺候在摇篮边
给你唱那古老的歌谣
给你讲那遥远的故事
妈妈盼你快快长大
为爸爸去狩猎
替妈妈去种山兰
去建立你美好的家园
侬乖乖，你听见了吗
快快睡吧，侬乖乖

我听着妈妈唱的摇篮曲
在啼闹中甜甜地睡醒
妈妈把我搂在温暖的怀抱
吮吸着甘甜的乳汁

妈妈的乳汁像山涧的涌泉
一滴滴滋润着我的心房

我眯着渴望的小眼睛欢笑
享受妈妈幸福的吻

我在梦织的摇篮里长大
像茫茫大海中的一只小舟
任柔和的海风轻轻地吹
随波涛漂浮轻轻地摇
海风带去婴儿时的哭声
海浪吞没了童年的梦
回到我避风躲雨的港湾

梦中的甘工鸟

当夜阑人静的时候
甘工！甘工！的叫声
把我从酣梦中唤醒
那悠远孤寒的叫声
显得那样悲怆凄凉

浓郁葱茏的森林树木
那是古老传说中
甘工鸟栖息的地方
她把七彩云织成漂亮的羽毛
把灵泉酿成浓厚的芳醇
把爱情磨难的故事
诉说给大自然每一个角落
把忧伤的歌谣诉唱给每座山
她自由自在地在天空中飞翔
去寻觅属于她的幸福天堂

家乡的忆恋

我的家乡在偏僻的小山村
山脚下错落不齐的船形屋
轻风随着袅袅炊烟
熏绿了村头那片田园
家乡的一草一木一石
勾起我留恋过去的时光
童年的往事记忆犹新

村头十人围圈的大硞
像一个天然的大蘑菇
静静地竖立在村路头边
大硞上有一道长长的凹痕
传说是古龙祈福留下的印迹
是我童年夏夜乘凉的梦榻

村后那棵古老的大榕树
像一把荫凉的大绿伞
拴在树下的耕牛疲惫地躺着
默默嚼磨着肚里吐出的青草

鸟儿在树枝上吱吱吱玩耍
童儿在树底下躲捉迷藏
阿公握着水烟筒大口大口地吸
嘴里轻轻飘出一圈圈烟雾
带走了一天的疲劳
月光树下倾听着阿公讲述
甘工鸟的传说故事

黎山二月木棉红

一盏盏灯一团团火
在树枝上悬挂着浪漫瑰丽
那是百灵鸟从远方叼来
祖先钻木取火的火种
点燃了黎山遍野每一盏灯
尽情燃烧着明媚的天空
照红了山涧小流溪的脸庞
为青山绿水换上了崭新的彩妆

是欢乐跳跃的火苗
点缀了灿烂文明的圣火
一朵朵鲜艳似火的红花
抒写壮美绝伦的人间春色
倾听黎山寨一缕炊烟的歌谣
醉美了二月里姑娘的颜韵

你身躯高大浪意满苍穹
无悔是英雄花的崇高美称
你把坚定的爱情化作相思树
是抒情诗中最醇香的酒
是写意画里最纯美的色彩

黎族的树皮衣

你称不上高雅昂贵的华裾
也比不过贵族的丝绸旗袍
更谈不上五龙金黄的皇帝盛装

从盘古开天地的那一天起
一群穿着树叶遮羞的狩猎男女
从大森林的岩石洞里走出来
住在山根飘霏低矮的船形屋里

他们剥下见血封喉的树皮
浸泡在清清的河流水中
用木槌轻轻地敲打
显露出苍白如意的纤维
晾晒在灿烂阳光的竹竿上

睿智的黎族人用竹针麻线
把树皮裁缝成冬暖夏凉的衣裳
它走过漫长艰难的沧桑岁月
是一个民族从原始走向进化的象征

它那简朴的名字如今已尘封销迹
静静地挂在博物馆的玻璃柜里
世袭传承着祖先的稀珍瑰宝
已列入非物质文化遗产保护名录

竹子

青春永驻四季常青
你不屈不挠高洁正气
宁折不弯,弯而不折
折而不断的傲骨精神

你正直质朴品德高尚
潇洒挺拔清秀俊逸
有虚怀若谷的品格
又有高风亮节的品质
是君子的风度
文人的风格

芭 蕉

生长在淙淙的小溪边
云雾缭绕的小亭旁
如梦幻的仙女身躯
如诗如画的娇丽神态
是翰墨陶情的浓酒
"雨打芭蕉"的美妙音乐

你同一个母亲的血缘
一群兄弟姐妹上下一条心
俗称：火烧芭蕉心不死
你就是那条心上的坚强者

石榴

丹葩结秀挂满枝头
燃起一片红灿如烟霞

在绿绿茵茵的叶子中
谱写了一首幸福美满之歌
招财进宝金玉满堂
多子多福人丁兴旺富贵吉祥
享有繁荣昌盛和谐共处
红红火火的美好生活

八村采风

我在诗行里行走
行走在稻花飘香的田野
寻找那熟落的诗穗

我在诗径里漫步
漫步在青山绿水的天地间
寻觅那隐藏深处的诗魂

我在画幅中畅游
畅游在黎村苗寨的梦境
把墨水酿成醇香美酒
在画意中自我陶醉

我在梦境里捕风捉影
把这里的草木生灵
都融入我的诗情画意

这里的山是绿的
这里的水也是绿的

这里的画是绿的
这里的诗也是绿的
这里的梦是绿的
这里的风也是绿的

嚼槟榔的黎族姑娘

九月的槟榔树挂满了硕果
摘下一颗青槟榔切一口品尝
配上一片蒌叶一撮螺灰
嘴巴里咀嚼出少女的温情
散发出清脆香甜的风味

弯弯的嘴唇红红的脸蛋
就像涂上浓淡的胭脂
又似挂在天空上的红月亮
从嘴里吐出一片红色的雨露
淋醉了天边幽静安详的彩晕
湿透了七彩缤纷的天弓
迷恋了槟榔树下相约的情郎

山涧小曲

你把梦迹留在寂静的山林里
一年四季常年涌泉不涸
静悄悄优哉游哉奔流不息
总是流连着大自然万种风情

春天风和日丽万物复苏
小鸟与山花呢喃着鸟语花香
你随着春风叮咚叮咚地
弹起欢畅的琴弦乐曲

夏天万物葱茏鸟叫蝉鸣
你弹着小浪花伴奏着和音
唱起和谐悦耳的歌谣
温柔而欢快地流淌轻舞

秋天凉风黄叶飘零
你浮着那金色的小船
在弯弯曲曲的山谷中漂流
晶莹碧透泛出洁白的水花

冬天寒风飘拂清澈明朗
你在茂叶的丛林里若隐若现
时而舔着石壁羞羞涩涩
时而又急急忙忙冲下山崖

你就像一条轻柔飘动的绿绸
又像婀娜多姿的美丽姑娘
从山林中姗姗来迟飘然而去
融入河流的怀抱奔向大海

六月凤凰花

是谁把紫蓝的天空
烧得如此彤红
是谁在南国的大地上
篝起一片盛火
绚丽烂漫的凤凰花
笑满枝头青春绽放
朱艳悦目教人喜爱

画家说
那是一幅完美的水彩画
在调色板上调不出
那淳朴鲜艳的色彩
诗人说
那是一首天然的抒情诗
在《辞海》里找不到
那藻饰赞美的形容词
音乐家说
那是一首田野风光曲
在五线弦上弹不出

那优美动听的旋律
舞蹈家说
那是翩翩起舞的摇步
在熏风中飘然潇洒
婀娜多姿轻歌曼妙

风的四季

和风
是一首春天的温情歌
一切生命重新开始
万物在复苏滋荣
生机勃勃萌发嫩芽枝叶
一股泥土飘逸着绿色花香
散发出浓浓的春意气氛

熏风
是一杯夏天的热情酒
洒向热气腾腾的苍茫大地
飘浮的乌云降下吉祥的炎雨
时而艳阳高照万里夏光
撑起一片清心暖和的荫凉

金风
是一幅秋天的深情画
一叶飘落遍地都是黄金
潺潺秋水带着沉思和浪漫

那是一种乐章的音符在跳跃
在硕果累累的收获季节
绚丽的秋色带走了感伤和忧愁

朔风
是一首冬天的纯情曲
茫茫的冰雪漫天遍野洁白无瑕
正是收藏孕育生机的季节
它象征着银装素裹纯洁的爱情
燃烧爱的烈火温暖着每一个心灵

吊罗山瀑布写生

在高低起伏山脉绵延
群峦环抱的吊罗山
一道长长的洁白天绅
从玉宇银河直泻而下
浩浩荡荡地在陡峭的石壁上
奔腾咆哮水声鸣快
像一条条滚滚的巨龙
以排山倒海之势从天呼啸
声似洪钟白浪滔天
像一匹匹发怒的骏马
从空中奔驰而下
震撼山谷势之恢宏
溅起的水花仿佛一颗颗晶莹的珠宝
犹如一副垂落的水帘悬幕
在郁郁葱葱的幽谷中
展示大自然的优美和磅礴
场面景色蔚然壮观

重游尖峰岭天池

今年的夏天我又来了
正是去年的夏天
这个时候我来

一切依然如故
大自然的那幅画
还是高挂在苍穹上
树木还是那样葱茏叠翠
在清清水中呈现倩影
熏风带着甜蜜微笑
轻轻地飘拂着宁静的水面
水鸟时而丛林飞下
轻轻弹着水波柔情的琴弦
鱼儿探出个头悄悄聆听
地上的草坪如铺满绿色的地毯
草坪上绽开着朵朵蟛蜞黄菊
那是仙女从天宫中撒下的金花
散发出芬芳的笑容
天池的风光景秀
还是那样多情娇美
到处琳琅满目

登上尖峰岭顶峰

柔和的晨风轻轻地吹
仿佛牵着我的手
一步一步捡着台阶
攀登通天的云梯

两旁翠绿茂盛的树林
像从睡梦中醒来的小精灵
随着沙沙吹来的风琴曲
摇动起叶子翩翩曼舞
倾听丛林深处鸟语歌声
登上半岭峰突然间
迷雾笼罩着整个密林
夹着一股寒气飘来
晾干了汗流浃背
虽然双腿有些力不从心
但是只要坚持再坚持
就能登上离天不远的地方

峰再高也难不倒坚强的意志

我终于登上了峰顶
放眼俯瞰四方的浮岚
茫茫云海与天涯连成一片
尖峰岭就像一只独木船
扬着风帆漂泊在大海洋中
我用双手托起一轮红日
大声地呼喊：尖峰岭我来了
…………
声音在辽阔的天空中回荡

落笔洞

在遥古的海角沙滩上
一艘遗落的古老破洞渔船
经海潮的洗礼已化作一座石山
向着大海的远方高声呼唤
破碎的灰色帆已化作一朵朵云彩
衬托着四周一片片翠绿的林海
一群海鸥唱着崖州的古歌谣
随着海风声浪飞宇而去

神仙邀来鬼斧神工凿洞镌刻
一座精巧的洞窟挂着一支神笔
传说四季涌泉流溢滴水不断
已化作浓韵芳香的墨汁
把南天染成诗画般的天然美景
引来无数文人墨客、骚人雅士
前来采风观光啜酒吟诗作画

时光虽然已叼走原来的风貌
但洞壁上的雕字刻文依然残存

岁月沧桑挡不住风化雨损
伤痕累累倾听着人为的毁坏
留下一片荒凉孤寒的情景
默默遥望着茫茫无边的大海
目睹着天涯远去的木帆船

西岛游记

九月的晴天秋高气爽
在碧蓝蓝的苍穹上
闲挂着一片片洁白的云朵
温柔多情的大海
已经唤醒昨夜的梦呓
湿润凉爽的海风
梳理着卷起的浪花
层层起伏的波涛
轻轻地摇着一只游船
平静的海面开始沸腾起来

彼岸绕岛的海水清澈见底
宛如一面翡翠帷幕的宝镜
一群群身穿花衣的鱼儿
摇着双翅膀游来游去
似是向我热情招手敬意
一湾沙滩在阳光的照耀下
像铺着长长的银色地毯
把我引入梦幻般神话里仙游

百年沧桑的古老民宿
抒写着风雨岁月的痕迹
一条弯弯曲曲的小径
把我领进渔村的文创馆
一只腐朽的木船
铭刻着一代老渔夫的故事
一张破旧的渔网
记叙着当年海岛女民兵
苦练杀敌本领的英勇事迹
她是《海霞》电影原形的真实写照
一首《渔家姑娘在海边》的插曲
唱遍大江南北风靡全国

重游鹿回头公园

一只坡鹿从五指山原始森林
逃命般一直在奔跑,奔跑
猎手一直在追赶,追赶
在走投无路的海滨悬崖上
猎手拉开弓箭两眼瞪着发颤的坡鹿
坡鹿回头是一位美丽的黎族少女
与猎人一见钟情结为山盟海誓

千古的传说已化作一座神话石雕
默默地竖立在高山顶上
岁月的时光虽然已天荒地老
但依然坚守着天长地久的爱情
她回眸的目光静静地遥望着
那茫茫的大海起落的潮汐

远去的点点白帆已化作颗颗繁星
潮汐的浪花已汇成天边的白云
昔日刀耕火种变为沧海桑田
老旧的船形屋已换上崭新的楼房
鹿回头公园处处是风光美如画
更是南国闻名遐迩的旅游胜地

步履天下湾

我从日月湾的天空上
采下一颗熟红的丹桂圣果
挑一担闪闪发光的银辉
洒在海天一色的清水湾里
捞起一筐筐灿烂的金色阳光

我漫步在亚龙湾的沙滩上
捡起一粒大海潮落遗忘的诗珠
春风轻拂翻阅龙沐湾的故事
从香水湾飘出芬芳的清酌
飘过袅袅炊烟的椰林湾

我站在三道湾高高的山坡上
遥望崖州湾远方返航的木船只
满载着明天希望的时光
在海棠湾伊甸园期待凯旋
回到我避风躲雨的幽静港湾

深秋舟游神玉岛

挂在西边斜阳的红脸庞
已收敛起刺眼的光芒
慢慢地走近山头
余晖将白云染成血色
把青山也染成血色

环湖边的翠林倩影
微风吹皱的水面
折射着五颜六色的霞光
像洒下一湖彩珠翠宝
波光粼粼熠熠生辉
湖面就像一幅美丽的绣锦

夕阳已经被群山远远地吞食
湖心岛山顶上的神玉宝塔
放射出观音菩萨善良的光环
她点明了万物生灵的心
给远方的游客祈祷祝福
一只白鹭从容不迫

好像一位披着白纱的少女
在丛林湖边轻轻地曼舞
天上的星星也渐渐露出笑脸
在辽阔的高空上闪烁航标
文人墨客的采风画舫
一路风物奇绝收获而归

海南姑娘

你像椰子水一样清甜
像万泉河一样灵性
你像槟榔花一样芬芳
像五指山一样姣美
你有大海般的胸怀
蓝天般的广阔
你有阳光般的明媚
白云般的柔和

你绰约多姿娇小玲珑
风度娴雅惹人陶醉
你天生丽质温和贤惠
是红色娘子培育的结晶
你淡定从容敢闯敢干
勤劳淳朴憨直可爱
你心灵手巧柔情如水
心地善良聪明睿智
这就是海南姑娘

走进梁家河

十月的延安已是寒冷深秋
路边的树叶已披上金黄的盛装

我沿着一条弯弯曲曲的山沟
脚踏上坡的柏油路往前走
道路两旁高挂着红灯笼
在微风吹拂下向我点头招手
当年贫穷落后的代名词
如今黄土高坡的千丘万壑
旧貌已经焕然一新

走进矮小的窑洞
讲解员阐述当年知青的故事
四十九年前的春天
从北京来了十五位热血沸腾的青年
在这里挖起第一口井
为农家解难饮上幸福水
在这里修建第一个淤地坝
把流失的水土牢牢保住

在这里筑起第一口沼气池
点亮了村庄农户灯火
在这里建立第一个铁业社
为农民制造生产劳动工具

四十多年的时光流逝
一位十六岁的青年
在这里艰苦奋斗七个年头
又从这里出去带领亿万中国人民
构建"一带一路"美好蓝图
为实现中华民族伟大复兴中国梦
呕心沥血风雨无阻继续扬帆前进

故事是讲不完的

在还没有生命诞生的原始
地球上已经诞生了故事
当生命完全休止的那一刻
故事还在继续蔓延

今天在反复讲昨天的故事
明天还在讲今天发生的故事
你在讲别人故事的时候
别人也在讲你的故事
当生命把故事带进坟墓里
故事又在世间复活

重回半弓母校

琅琅的读书声从校园里传出
把我携回过去向往的年代
时光停步在流连的地方
仿佛又回到昨天快乐的莘莘学子

母校就坐落在一座山麓下
前方是一片古老的田野风光
校园添满了绿油油的槟榔景树
一切旧貌已经换上了崭新的时装
从遮阳不遮雨的低矮茅草房
到木窗白石灰墙的砖瓦房教室

时代的潮流像春风般
吹绿了千年追求的梦想
教育兴国百年大计
宽阔的教学楼像梦般站起
新鲜的阳光雨露滋润着祖国花朵
抚育一代又一代新人茁壮成长
园丁用红心抒写未来美好的憧憬

母校，我回来了
我深深地向你问候
四十多年的艰辛游子
没有足够的理由来回报
母校对我的栽培养育之恩
撰写一首歌来表达我的心情

陡塪山高又长
半弓我故乡
阳光雨露哺育我们成长……
南赳水远流长
半弓出书香
春风吹拂代代桃季芬芳……

纪念屈原

国破民忧江山恸泣
骚人悲欢离合一腔爱国情
一位傲骨高瘦的老丈
身穿长袍两袖清风
悲愤绝望的目光默默地
在滚滚奔流的汨罗江逝去
沉没在滔滔洪水中
任风吹浪打随波漂流
黎庶的辛酸泪在声声呼唤
却唤不回远去的灵魂
留下《离骚》流芳千古

金钱

你荣华富贵
腰缠万贯
你满面春光
人见人爱
你甜言蜜语
让人垂涎欲滴
你性格古怪
时而喜怒无常
善恶难分
可让人荣耀
也可让人贫贱
你能给人微笑
也能给人忧愁
你有足够的理由
把贪者送进监狱
也有责任和义务
改变一切贫穷落后
你拥有一个美名
——金钱

可是你乃身外之物
生不带来死不带去
知足不可图

雨林的天堂

——吊罗山采风冗笔

琼岛东南部，崛起一座脊梁
峰峦起伏的山脉蜿蜒绵长
古老的原始森林滋润晴霭缭绕
茂密的树林沐浴着温暖阳光
这里四季常青，野果芬芳
禽兽蕃息林舍留鸟在歌唱
春风吹过，涧水潺潺流淌
净化了地球，洁净空气
是绿色的心脏，世界的大药房
浩土之肺，赐予宝贵的资源
是生物遗传基因的宝仓
大里瀑布飞珠溅玉从天而降
小妹水库一望倩影闪金浪
像走进一座色彩斑斓的画廊
轻轻吸吮着天然的大氧吧
吊罗山脉是热带雨林的天堂

黎山情（组诗）

春游黎山

画无尽的美景
走自己的路
山道能通天

居在深山不知春

青山流云如泉
春风拂梳绿荫
牧童不知春归

春日秀黎山

红日像新娘脸庞
春风已披上彩装
陪她嫁到黎山来

春雨过后润物青

春雨赶来不问路
匆匆赶来又匆匆赶去
赶忙了山里的妯娌

椰风吹梦到黎山

昨夜椰风吹过
万物已复苏返
一片梦幻般的景色

山有源头水流长

天流情泪山流情泪
汇成一线银泉昼夜奔流
唱着山歌去与大海相会

五指山春水

夜眠五指山当枕
日唱五指山之歌
饮无尽五指山春水

洞箫逍遥槟榔香

洞箫声声飘悠
飘红了九月的槟榔
寮楼里吹不断的恋歌

七仙岭下果飘香

七仙已化作山峰
彩云还在为她编织筒裙
果树上长满了美丽的传说

老椰树

养育一方水土
守老一棵椰树
烟囱里装不完的故事

椰子树

撑起遮天的巨掌
傲然挺立直插凌霄
昂首挺胸不惧暴风骤雨
坚韧不拔的精神
从不屈服低头弯腰

你用纯然的甘乳汁
为炎夏酷暑清凉解渴
你有男子汉坚强的意志
高尚的品德独有的风格
是勤劳勇敢的天然偶像

槟榔树

一株株郁郁苍苍
仿若少女的身体
手撑着绿伞亭亭玉立
苗条的身躯婆娑倩影
任风吹雨打仍生机勃勃
依然潇洒在天地人间

你总是把鲜花散发出芬芳
飘逸在秀丽的山坡田野
把金果酿成爱情的香醇美酒
醉美了朝霞,醉美了黄昏
醉美了蒂拜扣①,醉美了蒂帕曼②

---

① 蒂拜扣,黎语,音译为"少女"。
② 蒂帕曼,黎语,音译为"小伙子"。

寒窗呓语

我在遥远的天边犁云种月
在洁白的纸上人间烟火
玄香的气韵从几案砚池里
飘溢出浓浓的芬芳
一分耕耘就有一分收获

每画一幅山水的美景
总是流淌着我辛勤的汗珠
化作颗颗晶莹的豆粒
融入坤灵吸吮着阳光雨露
在那宽旷的沃野田园里
生根发芽、开花结果

每作一首欢乐的小诗
都是倾注了我浑身的心血
融进茫茫的人海中
去寻找它生存的空间
已化作一只迷茫的小鸟
在辽阔的苍天中自由飞翔

缅甸之行（七首）

曙光普照伊洛瓦底江

从东边升起瞳瞳的火轮
染红了伊洛瓦底江
像缅族姑娘的红脸庞
醉了星星醉了月亮

在亚洲中南半岛的西北
从中国山脉溢出的甘甜乳汁
像一条晶明的长飘带
源远流长异国他乡
流进中缅两国人民的心房
沿着一条古老的丝绸之路
向"一带一路"的新目标
带去希望和最美好的时光
与世界经济文化紧密相连
激流不尽的伊洛瓦底江
在涛声中一路放歌奔跑

远征军翡翠纪念塔

塔尖如一柄刺刀
刺破太空顶着烈日
是成千上万中国远征军
用鲜血与忠骨
铸造的翡翠玉塔①
傲立在曼德勒市头
顶天立地谱写了一曲
抗日民族英雄壮烈凯歌

英勇的烈士骨肉同胞
我们飞越白云千里迢迢
从遥远的祖国看望您来了
也许不知道您叫什么名字
虽然丰碑上没有刻下您的英名

但是您为光复缅甸功不可没
为国捐躯长眠在异国他乡
用一千五百吨翡翠玉石
也换不回您宝贵的生命
只有鲜花和泪、歌声和怀念

硝烟已经随风远去
英雄的驰名流芳千古

---

① 翡翠玉塔是用一千五百吨玉石筑成。

愿逝去的英魂浩气长存
安息吧！中缅人民永远记住您
——中国远征军

甫甘千座佛塔看日出

晨曦初露红脸
普照在千座佛塔上
涂上一层薄薄的金辉

遥望佛塔的海洋
像一个个闪烁的灯标
点燃了人们祈祷的心灵
照亮了世界每一个角落
驱走了黑暗里的魔王

它就像晶莹夺目的宝石
点缀在绿绿万物平野上
它就像一颗颗冠冕珍珠
闪耀着灿烂的文化光芒

曼德勒皇宫

风风雨雨几经磨难
历经战火的洗劫
堂皇的宫阙化为灰烬
一堆废墟苍凉悲惨

时光留下千年的圆梦

它又从废墟中站起
重新立在曼德勒古城
金瓦红墙雕廊画柱
神圣的国王狮子宝座
精雕细刻的金銮殿
宏伟壮观精美绝伦的皇宫
远观耀眼夺目金碧辉煌

登上曼德勒山

怀古我来到佛教圣地
登上了曼德勒山
光着脚板步入寺庙
庙墙柱上镶嵌着
闪闪发光的碎片玻璃图案
仿佛是流动的水珠
抄写在墙上的缅文经文
虽然看不懂但能感悟到
是缅祖先留下的文化财富

凤凰花环山盛开
红艳欲滴缕缕清香
像套在庙脖上的花环
我站在高高的山顶上
俯瞰整个曼德勒城
一片平原绿色的景象

一颗红熟红熟的大圣果

已落在伊洛瓦底江面
映红了整个天空
慢慢在苍黄界上消失

缅族姑娘

西施般的面颜
花瓶般的腰肢
香丝顺着小脖颈
垂披到肩
像秋天的金风
梳妆着河边的杨柳
苗条的身材修长丰润
晶莹双眸如剪秋水

弯弯微笑的细眉
就像初月的玉弓
那袅袅婷婷婀娜多姿
和颜悦色彬彬有礼
身穿靓丽的"特敏"①
花枝招展神采迷人
这就是缅族姑娘

佛的国度

每一天的早晨
身披红袈裟的僧侣

---

① 缅族姑娘的围裙缅语叫"特敏"。

排着一条长长的队伍
像一道亮丽的风景线

手托钵盂过大街小巷
布施者奉献给食物
永获得功德祝福

全民施舍爱满人间
千人僧饭以化缘的修行
来回报布施者的恩情

光秃秃的头像闪闪的佛灯
照亮了人们的思想灵魂
洗掉了人生中的烦恼
行者少欲知足修炼内心
在这里处处都能看到
人间的真、善、美
见证了一个民族的尊严
看到了佛的国度

泰国之旅（四首）

逛游大皇宫

湄南河静静地流淌
东岸边一群古筑地标
亭亭林立拔地而起
佛塔式的尖顶屋
直插云霄蔚为壮观

一片片鱼鳞状红色琉璃瓦
在灿烂阳光的照耀下
呈现出金碧辉煌
光芒四射美不胜收
显得宏伟气派而华丽

宫墙梁柱神工鬼斧
精雕细刻着迷魂的绘画
醉人的装潢艺术
那鲜明暹罗建筑独特风格
在古树婆娑衬托中展现

鲜花在庭院内点缀
处处绽放飘逸着芬芳
宛然是一座美丽的大花园
她纯属异国浓厚的民族特色
是东南亚一颗闪烁的
璀璨明珠

太平洋观景台

我徒步登上观景台
睁开大瞳仁目睹着
远方海滨的景色
默默尊崇地向英雄
敬上三鞠躬

海风阵阵拍着巨浪
若在为英雄奏响颂歌
高山坡的平顶上
树立着一座铜雕人像
手握战剑高瞻远瞩

昔日战火的硝烟
已化作西边的云彩
勇士先烈的鲜血
已流入茫茫的南溟

是谁率领孤军奋起抵抗

外来侵略者的屠杀
成为救世主吞武里大帝
统一国家的暹罗英雄
永远载入为国独立自由
民族解放的光辉史册
他就是华裔的骄傲
一位年轻英俊的国皇
——郑信

象之国

抛却野性走出森林
变得温顺可爱与人类和谐相处
在擂鼓鸣金复调音乐的牵引下
一行大小象群尾巴携着鼻子
迈着沉重的步伐走进娱场
走出一圈圆圆大天地

在音乐节奏的欢快声中
轻松摇步蹦蹦起舞
柱腿巨蹄敲击着大地皮鼓
如滚滚的春雷响震九天
宽大的耳朵像巨大的蒲扇
能扇来天南地北的风
长长的鼻子勾下西天的圣果
把甘甜分享给欢乐的人们
弯长的牙齿像白色长矛
又似水中的小舟天上的月亮

一声声的吼叫霹雳苍穹
回荡在千里之外的森林
风雨来临秋叶纷纷飘落
大地欢呼四起一片掌声如雷

拜谒四面佛

我双手握着点燃的香支
向天弥漫着飘袅烟尘
面向四面佛各叩首三鞠躬
心里默默念着祈祷咒语：
不求轰轰烈烈的浪漫爱情
只求和谐相处终身伴侣
不求事业大展宏图兴旺发达
只求万事如愿事事有成
不求活命百岁像神仙长生不老
只求健康长寿岁岁平安
不求财运亨通富有身缠万贯
只求知足常乐平淡人生
人只有善良才能得到佛的保佑

古律新韵

GU Lü XIN YUN

赋余人生

一舫风月醉春秋，
砚海玄香纸上游。
踏破红尘寻雅趣，
金飓卷走几多愁。

习诗书画有感

一

文辞藻饰免白俗,
借景情怀忌语粗。
腹中词穷言不美,
思维落套意含糊。

二

已是耆均玩墨溟,
习书作画易难精。
十年磨砺求一剑,
废纸三千不啻耕。

游柬埔寨漫兴（六首）

金边往暹粒路上偶成

游车两百里程奔，
沿路风光醉游人。
结宇绵绵依绿道，
春风瑟瑟赏青林。
民居寓舍高尖角，
横野田畴近碧云。
不见江山添秀色，
苍黄一片尽平坤。

吴哥窟恣行

触目苍凉化梦魂，
昔年古阙貌无存。
沧桑岁月随风逝，
遗下荒墟废址阴。

游衍暹粒大森林

生成地赐数千年,
夏木苍苍欲揽天。
曲径啾啾闻百鸟,
幽林徐步胜神仙。

高棉族姑娘

姝丽花枝手巧灵,
蚕丝纺锦艺工精。
双眉翠黛藏弯月,
两耳珠环戴小铃。
手指尖尖如玉笋,
鬓肤细细似霞赪。
睛光炯炯含真意,
笑靥微微动以情。

舟游洞里湖

画舫观风览玉湖,
烟霞此地赛杭苏。
一泓水色连云汉,
日落波光异彩图。

参观金边皇宫

纵步金墀自坦然,
雕梁画栋壮奇观。
宫廷府邸苍旻现,
欲与天堂媲美间。

题山兰玉液

玉液山兰美味香,
经常日饮益身康。
黎家亘古人长寿,
补气滋阴润脸庞。

竹影摇清

寒舍窗前闻鸟音,
草寮痴梦觅诗魂。
一壶浊酒随吾醉,
竹影摇清又是春。

三月恋歌

听蕉春鸟鸣,
袅袅荡笛声。
情伴依依恋,
归牛日落行。

秋意拂拂

风吹野果香,
鸟戏树林藏。
山里黎家妹,
秋实挑满筐。

怀春

独静幽林思恋深,
轻风着意弄花芬。
蝴蝶曼舞寻双伴,
少女怀春情更真。

立春

穷阴已尽暖和春,
斗换星移万物灵。
新雨悄悄清疠疫,
闻谛布谷报春声。

红毛丹飘香

天边种果沐秋岚,
雾霭轻轻盖树弯。
累累玉实甜蜜笑,
黎姑九月采毛丹。

陶醉人生

芸窗独静咏诗风,
鸟恋吱吱树上鸣。
不问春风何处去,
一壶浊酒醉人生。

保邑痴梦

天麓尽春声,
仙峰落地灵。
雨林藏谧境,
溯览异风情。

奥雅[1]

情满烟囱故事流,
蹉跎岁月逝春秋。
苍椰猎犬人相伴,
守老青山不怨愁。

---

[1] 奥雅,黎语,译为"老人"。

贺《七仙岭文艺》复刊十周年座谈

开天辟地垦荒山,
日月耕耘硕果繁。
大地回春听韵落,
书朋荟萃畅言谈。
云当千纸描诗赋,
手拗七峰作笔端。
漏夜深眠临旧梦,
新瓶老酒醉文坛。

六月凤凰花

富丽堂皇冠景中,
熊熊烈火染苍穹。
叶如金凤歇枝蔓,
花若丹凰舞树丛。
吐蕾奇葩呈烂漫,
开芬小瓣笑雍容。
如诗如画迷人醉,
红满梢头情更浓。

漫步尖峰岭天池

四面环山涧水寒,
尖峰岭下翠叠峦。
闲游栈道观瑰丽,
信步天池纵目宽。
秀水青山留画卷,
轻风细雨觅诗丹。
云缠玉带连仙境,
一片葱茏醉浪欢。

宿雨林仙境宾馆

桃源漫步自逍遥,
宛入青冥若梦潇。
古木亭边清水绿,
奇葩硌上郁娇娆。
桥连碧落通云外,
树挂瑶池筑鸟巢。
野果芬芳空气爽,
秋蝉聒耳赋风骚。

国庆中秋抒怀

一

喜庆双节共度欢,
神州大地尽开颜。
太平盛世奔康道,
国泰民安福祉甜。

二

朗夜中秋探广寒,
天涯万里共婵娟。
嫦娥奔月舒长袖,
舞尽霓裳盼梦圆。

三

独酌夜静望蟾宫,
举盏抬头问碧空。
敬酒邀仙陪我醉,
悠弦赏月伴秋风。

园丁赋

——致教师节

三尺讲台挥教鞭,
苦耕风雨度华年。
勤勤恳恳谋职业,
默默无闻搞教研。
赤胆忠心培绿叶,
尊师重道育新园。
资深望重烛光泪,
桃李花香遍地间。

新中国成立70周年赋

沧桑巨变大繁荣,
地覆天翻庆喜功。
宇宙飞船追北斗,
强军步伐展雄风。
振兴高铁跨国外,
崛起华为架彩虹。
天眼望穿遥碧落,
海洋科考探蛟龙。

屏观新中国成立70周年阅兵有感

电视屏前看阅兵,
天南地北尽欢腾。
军威正步多神气,
一片歌洋喜乐声。

廉政诗（两首）

修身养德

为任一方庶为先，
德行正道古箴言。
终生不做亏心事，
留有清白在世间。

正心明道

当心滑处易失足，
莫为贪赃误仕途。
两袖清风胸广阔，
学莲出淖不沾污。

贺海南热带雨林国画院成立

霭作毫锥画雨林,
群英荟萃共欢欣。
人间纸上炊烟火,
妙笔台边墨韵芬。
辟地开荒耕艺苑,
犁云种月采瓜春。
仙游谧境寻新意,
放耳幽深谛鸟禽。

二月黎山木棉红

喜笑挂苍穹,
思春二月红。
满山添暖色,
黎女若花容。

贺保亭老年大学十年校庆

十年共济度春秋,
学苑栽培桃李优。
民乐吹拉敲木器,
媪翁炫舞乐淘淘。
黎苗俚曲歌甜美,
书画陶情悦不愁。
五彩夕阳无限好,
还童返老竞风流。

贺候鸟鸣七仙诗社成立十周年

风情保邑美无猜,
谧境优游醉客徊。
夏有晴飔拂树过,
冬如春季遍花开。
温泉漫溢迎宾至,
仙岭搭巢引凤来。
候鸟南飞鸣荟萃,
人云济济尽英才。

南歌子·追怀邓子敬恩师

元朔钟才响,
闻师驾鹤行。
昔年逾弱冠门生。
扎驻黎苗乡创作寻灵。

握刻刀当笔,
山花享盛名。
重游故地采风情。
已化作高峰笑语回声。

按：著名画家邓子敬于2023年元月3日在广州逝世，享年80岁！他20世纪60年代从椰城来到贫困的保亭山区扎根，跋山涉水深入黎村苗寨写生，创作了一批黎族苗族题材的版画作品。创办《山花》版画刊物，培养了一批黎苗美术作者（我是其中一个）。在他的指导带动下，有些优秀的作者版画作品走出山外，先后入选在北京、广东和湖南等地的美展，蜚声省内外。邓子敬老师于1978年考上广州美院版画研究生班离开了保亭。毕业后留在广东画院任专业画家。

仙峰隐士

退隐逸仙峰,
歇云谛雨风。
寻常瞧不见,
偶尔露峥嵘。

春风吹椰岛

——为海南自贸港而作

自古琼州卧碧瀛,
孤悬大海像颗星。
任风着意添春色,
遍地聆潮起浪声。
五指山峰攀异月,
万泉河畔尽风情。
彩桥跨越通南北,
拓展宏图举世名。

清明祭

一

苍山脚下葬英灵,
地脉藏龙风水生。
碑立坐东朝日落,
茵茵绿草万年青。

二

坟前祭祀拜双亲,
香霭明烛念咒魂。
焚纸冥钞求保佑,
哀思化泪寄先人。

候鸟南飞

一

琼岛温和四季春,
天生胜景适居人。
自然环境风光美,
候鸟前来此地寻。

二

七峰秀色百花开,
仙岭搭巢引凤来。
候鸟南飞歇保邑,
人云济济尽英才。

保亭新貌

——为海南解放七十周年而作

一

流光岁月几十年，
转首回眸弹指间。
昔日茅庐今广厦，
沧桑巨变换新颜。

二

温泉揽客冒珠泗，
仙岭引来游乐人。
街道整洁花景翠，
环城大路四通邻。

三

华灯倩影映仙河，
酒店茗楼铺面多。
艺术之乡名榜首，
民族特色誉全国。

四

黎苗古寨醉风情,
美丽乡村旅次兴。
野景田畴如锦绣,
槟榔树下盖楼亭。

贺保亭民族中学恢复揭牌

欣闻保邑复民中,
久盼黎苗夙愿同。
旧事重提谈拓展,
春风化雨笑开容。
黉堂养育花园绿,
夫子栽培桃李红。
琅琅书声仙岭下,
莘莘学子乐融融。

春游黎山

云液如银挂碧山,
常流四季水珠寒。
春风留恋藏诗意,
景色宜人入画间。

踏春行

林泉谧境风，
黎女踏春行。
哼首山谣调，
引来留鸟声。

九月故园

金黄硕果溢飘香,
树下成荫四季凉。
一缕清风拂绿叶,
甜甜蜜蜜幸福长。

洞箫吹红槟榔香

流云玉带绕青山,
霜序槟珠挂树环。
娓娓箫声吹醉月,
悠悠俚曲荡田园。

遨游美丽乡村

一

一路风光一路花,
南林乡貌变荣华。
田园不意添新绿,
共品黎家厚酒茶。

二

偕同步履六弓乡,
纵览观光如画廊。
蛋果①远香飘世外,
新楼民宿景中藏。

---

① 蛋果,指百香果。

黎山沐烟霖

天汉洒烟霖，
岚层恋岭群。
山峰藏画意，
此地尽诗魂。
四季如春色，
乡情醉雅人。
椰风梳霭髻，
椰叶扫苍尘。

琼岛风云

——为海南解放七十周年而作

一

十万雄师渡海峡,
挥戈勇士猛冲杀。
帆船打败敌军舰,
战火硝烟遍地花。

二

大军深访过山来,
偕踩竹声伴舞拍。
五指山歌传喜讯,
黎民解放笑开怀。

高山流云泉水清

介丘叠嶂与天依,
静望风岚赏景奇。
峻朵灵泉流万丈,
黎家玉女沐香丝。

观什堆瀑布有感

天河落地洒珠烟,
砑壁淙淙挂玉帘。
鸟儿戛然闻谧境,
骚人景醉采诗源。

远去的舂米声

咚咚舂米情,
木臼已消声。
留古图腾迹,
馆藏文物精。

毛感南春采风

寒蝉无语鸟莺啼,
曲道驱车过岭西。
我采岚霏当秀色,
风霞纸上现苗黎。

儋州澄迈（三首）

题千年古盐田

风雨迹沧桑,
石槽盛日光。
滩涂已晒老,
煮海变白霜。

瞻仰屋基村符南进将军雕像

神情威武气轩昂,
仰首挺胸戎马强。
英勇功德留万古,
名垂青史永流芳。

游览罗驿文化古村

天赐堪舆藏地坤,
清湖玉镜照福门。
岩墙瓦宇遗奇迹,
历代英才文武君。

远古东坡歇脚处,
昔年宝塔写风云。
闻名于世人长寿,
传统流风教子孙。

世外桃源写生

不知觉已冬,
秋意依然浓。
一路风陪伴,
森椮鸟唧哝。
野炊尝玉醴,
借景醉诗翁。
阆苑山陬处,
泉流入画中。

海南风光四季春

单寒不见冬,
琼岛暖融融。
河水呈青色,
苍山染绿风。
乡游如梦境,
遍地尽诗情。
自贸春潮浪,
七洲架彩虹。

七仙岭下尽春晖

墨洒诗情画意浓,
苍黄独揽异风情。
丛山映水披春色,
金稻翻波作浪声。
谧境灵泉留幻影,
凡间仙女化七峰。
天时四季飘香果,
一路鲜花分外红。

相思树下

一

相思树下阵风呼,
梦见李白独酒娱。
欲有神仙邀我去,
陪他共醉做诗徒。

二

相思树下咏诗情,
鸟哗欢歌树上鸣。
不问熏风何处去,
一壶浊酒醉人生。

家住七仙岭

卜居仙闼在苍山,
四季常春闻鸟喃。
夜枕奇峰听汍滥,
晨曦碧嶂看浮岚。

贺琼岛中线高速贯通

琼崖南北贯长龙,
破雾追云跨碧空。
伸过黎乡横沃野,
穿山渡水越林丛。

新春有感

寒城年味静沉沉,
路上车稀少见人。
漏夜爆竹声弯远,
蒙童往事忆犹新。

久别重逢

——仙岭书画院会校友黄会基

离别故里寓花城,
腻友重逢往事清。
原是黎夫吹管手,
又闻笛曲远悠情。

同窗赋

——与央美同学王守建相聚在七仙岭下

阔别思念已多年，
卅载流光弹指间。
往事如昨回溯梦，
重逢小酒话绵绵。

百年沧桑

——庆祝中国共产党成立一百周年

南湖欲雨盖天垂,
云聚红船铸党徽。
疆场烽烟传战果,
晴空霹雳起风雷。
沧桑岁月留足迹,
锦绣河山洒日辉。
悦耳聆潮声浪涌,
百年圆梦放歌飞。

参观五指山革命根据地遗址有感

一

山坡高顶立丰碑，
四面苍松洒日辉。
红色观光游胜地，
层峦叠翠倩河陲。

二

琼岛战火染天南，
遍炽烧红五指山。
孤岛廿三旗不倒，
镌文雕像赋英还。

参观琼崖纵队首次代表大会会址有感

重觅当年足迹痕,
群英聚首便文村。
同研盛事谋良策,
解放海南迎大军。

母山咖啡

常年四季沐风岚,
圣果咖啡长母山。
可口芳香如美酒,
人生福寿赛神仙。

夜宿槟榔谷兰花客栈

休闲住木巢,
坐落半山腰。
雨霭幽林挂,
秋寒意未消。
夜风摇梦榻,
嘉澍洒屋寮。
清早鲜空气,
闻声小鸟谣。

鼻箫声悠悠

黎家淑女性温良,
独静怀春蜜树旁。
双胫腾挪如雾霭,
崙巾缠首挂铃铛。
缝襟刺绣修边饰,
纺锦织裙做彩装。
隆准呼竹弹玉手,
箫声阵阵唤情郎。

驱车五指山高速路观光

一路奔驰望景风,
山川入眼醉诗翁。
神仙欲晓当今处,
携子陪妻到此行。

琼岛风云

——为庆祝建党百年华诞暨纪念海南解放七十一周年而作

丰碑伟岸立云凌,
塑像刊石展战英。
汹涌扬帆穿破浪,
出兵渡海探敌情。
犹闻远处冲锋号,
交火沙滨枪炮声。
肃立党旗抬右手,
重温誓语共遵行。

昌江（三首）

观览昌江玉

昌化江柔养润琳,
深藏宿土万年珍。
精镌巧錾成绝品,
栩栩如生展世人。

石碌铁矿感怀

日军侵占苦劳夫,
历尽艰难路坦途。
不惮青山无瑰宝,
留得千古后人福。

参观核发电厂

西滨崛起映朝霞,
百亿千瓦照万家。
绿岛椰风吹不尽,
琼州贸港异新花。

母亲节的思念

逢节往事清,
故土忆童蒙。
天下慈闱爱,
孝心儿女情。
寒宵愁日月,
风雨染霜茎。
地老成荒古,
葱葱冢草生。

建党百年采风活动而作（四首）

重温入党宣誓

鲜红旗帜闪锤镰，
肃立端庄举右拳。
不忘初心遵使命，
为民宗旨履当先。

参观全国战斗英雄陈理文纪念馆

仙河哺育小理文，
稚气十三奔我军。
百战机灵冲陷阵，
打得敌寇散飞魂。

参观保亭龙则村第一个党支部遗址

蹑步乡间觅旧痕，
时光已逝夏秋春。
昔年党部留遗址，
红色基因永保存。

捧读中国共产党保亭史

时逢盛事举国欣,
回首百年风雨云。
无数殉国流热血,
换来今日幸福人。

参观五指山革命根据地历史陈列馆有感

琼岛风云战火烟,
红旗不倒廿三年。
山泉煮果丛林舍,
野菜充饥意志坚。
首领白驹①谋策略,
刀枪短炮赶敌歼。
闻涛层浪千军马,
解放雄师渡海南。

---

① 白驹,指当年琼崖纵队司令冯白驹。

鹧鸪天·英雄赋

——全国战斗英雄陈理文

家窘童孺受苦怜,
茅庐破陋断炊烟。
晨昏放牧归途晚,
竹榻歇身度夜寒。
奔我党,盼晴天。
身经百战把敌歼。
神出鬼没攻碉堡,
赫赫军功庆凯旋。

保亭山城奇观

雨后天晴望碧空,
云边疑似卧双龙。
低头欲问西南北,
原是仙河饮蝃蝀。

缅怀杂交水稻之父袁公

泰斗长辞驾鹤西,
苍天目送泪淋漓。
浪声悲恸敲雷鼓,
化作高山看日出。

三亚崖城（五首）

登上丝路之塔

陲塔顶云霄，
登高望海潮。
渔船归港憩，
酣梦枕波涛。
勺指针南北，
丝绸路岸标。
溟辉夕彩照，
博览采风骚。

漫游崖城保平古村

骚友偕同一路行,
观光古舍览民情。
墙垣史迹藏年月,
瓦砾斑痕写雨风。
先祖崖歌源此地,
人和地沃水吉灵。
驰名子弟张家宇,
唯有书香世代兴。

游览崖州古城

心怀远古到崖城,
款步学宫拜孔灵。
圣庙儒家传礼尚,
黉堂教育助黎生。
扶穷济世留清正,
体恤亲民解苦情。
享有钟芳①存万代,
功德载入汗青名。

---

① 钟芳,崖州高山所(今水南村)人。明代著名文学家、史学和哲学家。先后在全国各地担任过文官、武官、法官、学官和财官。一生为官清廉,公正无私,宽政爱民,痛恨贪赃枉法,广受百姓爱戴。

参观卢多逊①纪念馆有感

负罪含冤对宿仇,
孤寒沦落到崖州。
荒村夜静思亲泪,
月色朦胧故里愁。
宦海沉浮多恶浪,
苍生受难苦殷忧。
留诗百世藏文馆,
墨客骚人赴此游。

崖州盛德堂访作

曾经战火洗劫光,
遗迹荒凉半壁墙。
鼻祖恩泽传后裔,
千年古董盛德堂。

---

① 卢多逊,怀州河内(今河南沁阳市)人。北宋开国宰相,政治家、军事家、文学家和史学家。后因勾结秦王赵廷美被告发,坐罪流放崖州。在水南村淡忘宠辱,以诗意情怀作《水南村》诗二首(今收藏于纪念馆)。雍熙二年(985年)在流所去世,终年52岁。

咏七仙岭

遥望七峰绕雾烟,
宛如仙女下凡间。
朝出卧霭闻啼鸟,
日落听泉弹古弦。
头枕银潢观月色,
星藏玉笋列苍天。
奇岩峭壁生灵气,
雨幕蒙蒙似彩帘。

梓里芒果

家住天边种马蒙①,
披岚沐露染阳风。
丫枝挂果飘香溢,
六月黎山尽是情。

---

① 马蒙,芒果别称。

牖外听雨

独斋侧耳雨敲声，
勾起昔年光腚童。
田埂阻穴熏硕鼠，
泥沟捉蟹捕鱼生。

水调歌头·百年圆梦

云幕盖天散,
旭日照南湖。
群英荟萃红船,
建党指通途。
从此移天换地,
改变中国命运,
拯救我民族。
打败反动派,
胜利凯歌呼。

立中华,
升国帜,
定国都,
人民安逸享清福。
目睹城乡巨变,
高技飞船揽月,
数广厦林庐。
高铁连天外,
自贸展宏图。

游鹿回头公园石雕有感

悬崖绝望路无前,
回首含羞窃笑颜。
少女表情传猎手,
苍天作证赴良缘。
风餐露宿一残月,
火种刀耕半海田。
纺线抽纱织筒锦,
俚歌茅舍袅炊烟。

梓月抒怀

阳台独坐望玄黄,
一片氤氲罩渺茫。
昨夜飘霖消燠热,
今晨闻鸟语花香。
垣边九畹伸栏外,
庐畔槟株挂果旁。
雾散天晴山吐翠,
熏风拂我暖心房。

立秋

今朝暑气渐消声,
日洒金辉花谢红。
徛地回眸巡沃野,
商吹拂过尽诗情。

秋分

凄风昨晚剪秋魂，
昼夜平长共半分。
细雨丝丝寒意近，
几樽芳醿解清心。

秋雨

连日绵绵雨未停,
商飙已静鸟悄声。
沉酣入梦宵分醒,
又谛蛙虫贪夜鸣。

秋夜漫步保城仙河

华灯点缀扮仙河,
疑是天空星汉多。
款步川湄观夜色,
一弯明月舞清波。

祝贺全红婵东京奥运打破世界跳水纪录夺冠

寒门振网红,
载誉为国争。
苦练经霜雨,
家传教祖风。
雄心抒壮志,
时势造神童。
父母娇儿孝,
乡关养育情。

世外桃源采风

山渌潺潺入画流,
静闻青浦鸟啁啾。
午尝农户佳肴宴,
对饮清酌话畅游。

神玉岛即景写生

旻天曙色染山湖,
日落黄昏白鹭出。
瑟瑟金风开画卷,
波光潋滟映新图。

七仙岭采风

一

山川一派尽旻声,
处处田畴总是情。
驰目七峰呈秀色,
金天恣意写丹青。

二

七峰遥望景融融,
一派春光尽是情。
碧野花开香四季,
如诗意境入丹青。

中秋寄怀

——致台胞舅公①

莼羹鲈脍几相逢,
多少乡愁寄梦中。
两岸离析何日萃,
捧觞敬酒问蟾宫。

---

① 舅公于 1950 年年初在野坡放牛被抓壮丁,1964 年退役居台至今,现年 91 岁。

寒露

一杯风月伴鸾俦,
霢霂廉纤落叶秋。
昨日飘零花已谢,
金飔卷走几多愁。

春宵烟雨

昨日廉纤浣旧尘,
朝阳万象景清新。
七峰远望犹瑶界,
琼树琪花一路芬。

霜降

床沿入梦魂,
警醒已秋深。
清露梳金叶,
灵禽觅宿林。
严霜呈万物,
月影晓窗氛。
俚曲缭村落,
寒风唱晚旻。

毛天采风[1]

毛锥写意已寒秋,
天籁回音万物留。
采景观光巡秀寨,
风携访客入乡游。

---

[1] 藏头诗

美丽黎乡[1]

美在田畴稻穗酚,
丽风随处采诗魂。
黎屋茅舍迁楼宇,
乡貌靓装一目新。

---

[1] 藏头诗

立冬

草木渐凋零,
蛰虫不作声。
寒蝉歇树寐,
北雁往南飞。
大地藏天物,
长空映画屏。
穷阴临暮岁,
借酒解愁容。

文人雅士欢聚保亭

——首届"保亭杯"全国征文大赛座谈会感怀

闻海波声涌翰涛,
七峰有意架虹桥。
群英荟萃仙河悦,
保邑承情南北邀。
品舞和坊谈隽语,
风淋艺苑现新苗。
同谋献策题发展,
共筑文坛候鸟巢。

深切缅怀

噩耗传来震艺坛,
金星泰斗落西山。
苍穹霹雳敲雷鼓,
大海波涛恸泣寰。
五指险峰挥画笔,
万泉悲泪洒长川。
方家遗作成瑰宝,
终古驰名留世间。

惊闻著名画家、海南美术界德高望重的老前辈谢耀庭先生,不幸于 2021 年 12 月 1 日在海口仙逝,享年 90 岁,以沉痛的心情赋诗一首深表悼念!

丹荔三月红

辰月荔枝红,
藏云沐霭风。
赧颜妃子笑,
甜蜜露芳容。

屏观北京冬奥会开幕式有感

燃情圣火正逢春,
寅虎迎来四海云。
健将扬威同炫场,
五环光耀夜缤纷。

屏观北京奥运会闭幕式有感

圣火燃苗缓缓停,
京城盛事落帷声。
神光魔幻黑科技,
异影缤纷五彩屏。
赛场攥夺争胜负,
健儿激泪洒寒冰。
荣膺挂冠鲜花笑,
奥帜雄风传递情。

神舟十三号航天飞船凯旋

千秋追梦去飞天,
昊宇茫茫瞰九寰。
探索高科寻问路,
三英满载凯歌还。

屏观南海阅兵

远谛南瀛风浪声,
蓝鲸航母逆波行。
穿云银翼巡天下,
威武雄师强铁兵。

雨林深处

葱葱灌木蔽森荫,
峭壁灵泉抚硌琴。
闻鸟叽喳丛密处,
雨林幽邃鹿鸣春。

谷雨

霖敲夜牖声,
春末渐花零。
谷雨滋苗润,
坡鸪系恋鸣。
暄风梳翠叶,
朝露洗萱坪。
梓里山尼果,
昔年放牧童。

立 夏

一夜和风入梦眠,
春消无影去如烟。
东方暑影西方雨,
北朔南蛮各异天。

古寨魂

茅舍印痕绝,
风谣化古椰。
隆闺歌已断,
乡语渐消歇。

临江仙·怀屈原

国难临山河碎,
苍天怨庶民忧。
骚人悲愤苦蕲求。
清风拂两袖,
绝望目光愁。

滚滚汨罗江永逝,
冤魂随浪波游。
苍生热泪洒江头。
留离骚喻世,
名万古芳流。

河传·夜步风情街

夜空徂暑。
赏仙河倩影,
水中映宇。
一道靓装,
两岸金光银树。
酒茗楼,
香旺铺。

短裙玉女蛮腰露。
撩惹青男,
刮目相瞻睹。
侣伴老苍,
一路听歌摇舞。
览风情,
闲漫步。

后记

  吾的粗陋拙著即第三部诗集《寻芳漫笔》，已付梓出炉与众见面。与《笔架仙峰》《椰寮风骚》的出版已时隔十祀八稔，甚或封笔之作，留予昆裔为念。

  岁月无痕，光阴如梦，耳顺致仕，转眼五度春秋，回首人生感悟，寒门庶子风霜沧桑。从政四十载临窗听雨，一路征程坎坷，仕途渺茫，高不成低不就，唯缘诗书画陪伴。桑榆之年，诗心缱绻，寻芳撷萃，笔耕不已。夕阳余热无穷尽，愿为人间留残红。

  悠悠千古文化，目光所至皆为华夏。诗词领域盖壤海阔，博大精深而源远流长。吾并非诗者，在茫茫艺途中，如迷失的孤鸟飞弗出森林，在济济贤士诗坛里，乃沧海一粟、恒河一沙，微乎其微。诗道玄奥易学难精，权当作诗颇而乐之，八年来理当小结，与智者学习交流，以自勉之。古人云：文章千古事，得失寸心知。

  此集子杂葩异草各自芬芳，收录了新体诗和旧体诗词共百余首，因赶在同类丛书一齐付印，而匆忙搁笔仍未郢削。在草草脱稿时，难免存在不尽之处，望读者见谅！

  在出版前，难得中国作家协会会员、海南省作家协会副主席、海南省文联理论与评论委员会委员、黎族著名作家亚根，在百忙之中拨冗，以文情并茂、字字珠玉为本书作序，并得到保亭县委宣传部和保亭县文联、保亭县老年大学的鼎力支持！在此一并致谢！

2023年2月6日
黄培祯于玄香寒庐

附录

赋吾人生

吾生寒门,偏遥山村。族称寨黎,农户家贫。
居住山底,坐东朝西。茅盖屋顶,泥糊墙壁。
父母茹苦,育子共五。三个夭折,遗姊与吾。
吾刚出世,疴魔缠躯。求神驱鬼,数里寻医。
韶年荒饥,缺食少衣。竹榻安歇,麻被遮体。
垒灶三石,土锅煮稀。祖辈躬耕,大田故里。
日出山迟,日落山食。守望一方,桑田片宇。
七岁年少,髫龄入校。承蒙恩师,言传身教。
六十年代,桃李花开。恰逢浩劫,十年受害。
学制短缩,九年教课。半劳半学,劳学结合。
每到周末,放牛野坡。一群伢子,攀树摘果。
土块烟火,烧薯充饥。躲捉迷藏,喜掏鸟窝。
夜庭草席,当空月时。倾听老人,民间故事。
传唱古原,风谣祖先。幼稚童梦,往事犹新。
步入初高,农忙假到。学子同劳,以劳取酬。
秋收稻子,冬修水利。挑粪施肥,拔秧扦地。
读书无用,当年成风。学以致用,成蹉跎空。
时光流动,学毕高中。莘莘学子,归乡务农。

日而劳地，夜读灯底。指望未来，春风得意。
有朝一日，凤凰山鸡。飞出大山，扬眉吐气。
苍天有报，用心之劳。次年桂月，考入师校。
如旱鸭涌，走进池中。兴高采烈，千载难逢。
日月如梭，学业所获。雄心壮志，喜望工作。
初时入职，县教育局。计委当班，差股办事。
服从组织，调劳动局。技监部门，担任副职。
少年得志，仕途渺日。二十二年，文联主席。
行善道正，两袖清风。低调做人，名利淡荣。
窗外白黑，少管是非。衙门政事，原则守规。
工作之余，创作文艺。挥毫笔墨，撰诗作词。
上世纪梦，八二年兴。跟随方家，名邓子敬。
习操刻刀，版画技巧。初小名气，崭露头角。
严师高徒，入选两幅。民族美术，在京展出。
保邑创导，版画评高。蜚声广东，名列前茅。
艺术之道，逆水行舟。不进则退，不前则留。
虽绩非凡，但非规范。系统教育，属门外汉。
为此渴求，学习深造。在吾心中，年深月久。
辛未年初，来到京都。终于踏进，金槛门户。
中国美术，最高学府。中央美院，国画攻读。
寒窗两年，游子艰辛。京城归来，收获匪浅。
九二年返，市五指山。成功举办，个人画展。
奋笔勤耕，诗词古风。自学书法，挥墨丹青。
出版诗册，民间传说。歌词光碟，民谣山歌。
树木有根，河水有源。回探过去，感受甚深。
吾生黎山，长于黎山。走出黎山，观照黎山。
自知之明，本族史情。了解自己，特殊使命。

故有笔真，风情无尽。冲破樊篱，试跳龙门。
画韵诗魂，翰墨芳春。陶冶性灵，优化身心。
是吾生活，精神食粮。是吾一生，最长陪伴。
她像好友，甘苦同当。陪吾走过，快乐忧伤。
她像老师，诲吾做人。教吾做事，语重心长。
她像恋人，不离不忘。与吾一生，地久天长。
默笔寒斋，尽情抒怀。耕云种月，硕果丰摘。
岁月尘埃，六十余载。饱经沧桑，风雨走来。
艺途遥曲，墨海无际。呕心沥血，百感交集。
老骥伏枥，志在千里。这句古诗，深刻含义。
鼓吾勇气，赐吾矢志。勉吾终生，笔耕无止。

仙峰隐士黄培祯（癸卯孟春赋于玄香寒庐）

寒露

一杯风月伴鸾俦，霖霂廉纤落叶秋。
昨日飘零花已谢，金飓卷走几多愁。

梓里芒果

家住天边种马蒙,披岚沐露染阳风。
桠枝挂果飘香溢,六月黎山尽是情。

仙峰隐士

退隐逸仙峰，歇云谛雨风。

寻常瞧不见，偶尔露峥嵘。

世外桃源写生

山渌潺潺入画流,静闻青浦鸟啁啾。
午尝农户佳肴宴,对饮清酌话畅游。

遨游美丽乡村

偕同步履六弓乡，纵览观光如画廊。
蛋果远香飘世外，新楼民宿景中藏。

家住七仙岭

卜居仙阕在苍山,四季常春闻鸟喃。
夜枕奇峰听沈滥,晨曦碧嶂看浮岚。

毛感南春采风

寒蝉无语鸟莺啼,曲道驱车过岭西。
我采岚霏当秀色,风霞纸上现苗黎。

保城烟雨

昨日廉纤浣旧尘，朝阳万象景清新。
七峰远望犹瑶界，琼树琪花一路芬。

春染黎山（国画） 黄培祯 作

黎山春色（国画） 黄培祯 作

黎寨古村落（国画） 黄培祯 作

雨林天堂（国画） 黄培祯 作

古寨魂（国画） 黄培祯 作

黎寨柔风（国画）　黄培祯　作

鹿鸣雨林（国画） 黄培祯 作

雨林春归（国画） 黄培祯 作

早春（国画） 黄培祯 作

家在山水中（国画） 黄培祯 作

牧归（国画） 黄培祯 作